KB195021

우리는 살면서 '행복하다'라는 말을 얼마나 많이 할 수 있을까?

꽃가람 마을의 이삭, 보리가 담아낸 해사한 계절 기록

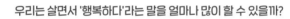

마음 방울 채집

곁을 맴도는 100가지 행복의 순간

무운

이삭, 보리를 통해 일상 속 행복의 순간을 그립니다.
아무 걱정 없이 따뜻한 커피 한잔을 마시는 순간,
자전거를 타면 살랑 불어오는 바람을 느끼는 순간,
문득 쳐다본 하늘이 너무 푸르렀던 순간들을요.

이삭과 보리의 작은 행복을 따라가다 보면
곁에 두고 보지 못했던 혹은 놓치고 지나갔던,
매일의 행복을 마주할 수 있을 거예요.

우리가 지금부터 함께할 사계절이
당신의 행복을 발견하는 여정이 되면 좋겠습니다.

인스타그램 @mouun._.factory

마음 방울 채집

곁을 맴도는 100가지 행복의 순간

글·그림

무운

밝은세상

프롤로그

안녕하세요. 꽃가람 마을에 사는 이삭입니다.

저는 몇 년 전부터 작은 마을에서 친구들과 함께 지내고 있습니다.
이곳에서의 삶은 도시에서는 가려져 있던
마음 방울들을 볼 수 있게 해줬어요.

소박하지만 온기 가득한 순간들이 마음에 방울방울 맺히자 웃음이 많아졌고,
'행복하다'라는 말이 매일 차올라 터져 나왔습니다.
스스로를 좀 더 사랑하게 되기도 했어요.
흐릿했던 저는 점점 선명해졌습니다.

우리는 살면서 '행복하다'라는 말을
얼마나 많이 할 수 있을까요?
불행한 것 같아 괴롭고 마음이 지쳤다면
잠시 숨을 돌리고 함께해요.

봄

우리 안 어린아이를 깨우는 설렘

여름

푸르른 세계로 떠나는 모험

겨울

우리가 다시 만날 거라는 믿음

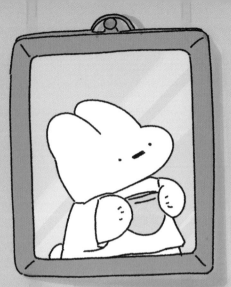

이삭

천천히 하루하루를 살아가는 흰 토끼.
누군가는 게으르다고 하지만
자신만의 속도로 꾸준히
나아가고 있다.

보리

언제나 긍정적인 에너지가 가득한 갈색 토끼.
독특하고 재밌는 생각과 행동으로
친구들을 웃음 짓게 한다.

친구들

망두

자기 자신을 용맹한 사자라고
생각하는 이삭과 보리의 반려 강아지.
해바라기처럼 한결같이 이삭과
보리의 곁을 든든하게 지켜준다.
과거 주인 할머니를 잃었던 기억이
트라우마로 남아 언제나
이삭과 보리를 따라다닌다.

개구락찌

항상 함박웃음을 짓고 장난 끼가
가득한 개구리들.
세상 모든 것을 행복하게 볼 수 있는
눈을 갖고 있어 머릿속이 마치
꽃밭 같다. 작은 몸집이 콤플렉스여서
언제나 무리를 지어 다닌다.

개구락찌집

이상,보리 집

나가는 길
→ → →

까마득한 유령숲

해바라기 길

흰 구름 언덕

봄

우리 안 어린아이를 깨우는 설렘

따뜻한 차 한잔

몸이 따뜻해지면,

마음도 따뜻해진다.

(2)

아침 산책

알람보다 먼저 눈이 떠진 이른 아침이면

보리, 망두와 산책에 나선다.

꽃샘바람 부는 길 위에는 나무들이 녹색 빛을 띠기 시작한다.

겨울의 서늘함과 봄의 따스함이 공존하는 시간.

"봄이 천천히 오고 있나 봐. 겨울이 섭섭하지 않게."

3

노란 마음

보리와 장을 보고 집으로 돌아가는 길.

같은 길도 계절마다 다르게 느껴지는데
봄에는 작은 나리들이 모여 노란 길을 만든다.

마음도 노랑해지는 것 같다. 환하게.

톡톡, 생명의 소리

"보리, 이 비가 그치면 나무 밑에 민들레가 피어날 것 같아."

"지난봄에는 담벼락 밑이었는데?"

"꽃씨가 저기 나무 근처로 날아가는 걸 내가 봤거든."

비 오는 날이면 보리와 현관 앞에 나란히 앉아

곧 돋아날 새싹에 대해 재잘대곤 한다.

하늘에서 톡톡 떨어지는 생명의 소리에 귀 기울이며.

5

안녕, 봄

개구락찌가 찾아오면 우리 집 화단은 시끌벅적해진다.

겨울잠에서 깨어나 어디선가 쪼르르 나타나는 친구들.

"안녕?"하고 우리에게 인사를 건네는 순간은,

봄이 오는 순간이다.

6

불현듯이

따스한 봄날의 오후.

창문 너머로 들어오는 한 줄기 햇살을 맞고 있으면

가끔 무언가가 바람을 타고 와 책상에 툭 떨어진다.

연분홍색 꽃잎이다.

보리랑 놀러 나가야겠다.

이 두근거림을 마음에 담고.

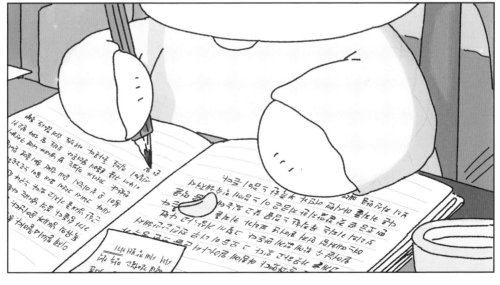

7

오랜 친구

"이렇게 커다란 벚나무가 곁에 있다는 건 행운이 아닐까?"

집 담벼락을 따라 벚꽃이 흐드러질 때면

우리는 넋을 놓고 한참이나 바라본다.

언제나 변함없이 그 자리를 지키는 나무.

네가 있어 얼마나 든든한지 몰라.

봄을 만나러 가는 길

반려 식물

가끔은,

그 누구도 아닌

오로지 나를 위한 마음이 필요하다.

마음 정원

"이삭, 이건 저번에 사 온 거네."
"지난봄에 산 올리브나무 옆에 두면 좋을 것 같아서."

마당 한구석에 있는 온실은 우리 아지트다.

오랜 시간 차곡차곡 채워나간 정원.

텅 비어 있었던 공간이 이제는 여러 식물로 가득하다.

올리브나무에 꽃이 피면,

마음 정원에도 꽃이 핀다.

11 꽃밭

너를 위한 선물

"마음에 들어 할까?"

"보리, 걱정 마. 당연하지!"

쿵쾅 떨리는 마음 소리가 들린 것 같다.

작은 다람쥐들이 준비한 선물을 좋아하는 걸 보니.

13

행복의 냄새

"보리야, 날이 좋아서 잘 마를 것 같아."

"보송보송해지겠다."

"햇빛 냄새가 푹 묻어나면 좋겠어."

맑은 날이면 나무 그늘 밑에 빨래를 한가득 널어둔다.

포근한 햇빛 냄새가 빨래에 잘 스며들도록.

14

이불 속으로

햇빛 냄새를 가득 머금은 빨래를 바구니에 담아두면

어느새 망두가 달려와 그 안으로 폭 파묻힌다.

이 포근함은 누구나 다 좋아하는 것 같다.

이젠 이불에서 망두의 꼬수운 냄새까지 나겠네.

15

보통 날

특별하지 않아도 내 편인 친구들과

가장 좋아하는 차 한잔만 있으면

그 시간이 제일 행복한 순간.

16

바람에 실려

살랑 불어오는 봄바람에 눈을 감으면
아무 생각도 들지 않는다.

머릿속을 어지럽히는 생각들이
바람에 실려 날아가는 것만 같다.

17

낮잠

글이 빼곡한 책,

햇살이 어른거리는 창가,

푹신푹신한 이불,

잠들기 딱 좋은 봄날 오후.

스르르 눈이 감긴다.

꿈속에서는 어떤 행복이 펼쳐질까?

문득 도시를 떠나 꽃가람 마을로 온 이유는

창문 너머 멋진 하늘을 놓치고 있다는 게 너무 아쉬워서. 그저 그뿐이다.

19

붉은 세상

"망두야, 밥 먹게 인형 갖다 놔."
"우르르 월!"

저녁을 먹을 때쯤이면 해가 뉘엿뉘엿 넘어가고
거실에서 부엌으로 이어지는 복도의 큰 창이 주황빛으로 물든다.

온 세상이 잠깐 붉어지는 시간.

노을 지는 하늘을 보고 있으면

마음이 몽실몽실 기분 좋게 달궈진다.

봄 소풍

오리공원으로 소풍을 가면
아기 오리들이 우르르 모여든다.

반가운 친구를 만나는 것만큼
마음이 충만해지는 일은 없다.

숲속: 숨 고르기

나도 모르게 개구락찌와 망두의 추격전.

혼이 쏙 빠지는 우당탕 소란에 하루의 걱정이 모두 달아나버렸다.

웃음을 몰고 오는 소란스러움이다.

23

가만히

햇살 가득한 날은 차 세트와

의자를 들고 밖으로 나와

가만히 앉아 있는다.

봄을 충분히 만끽하며 스스로에게 집중하는 우리만의 방법.

행복 굽기

종종 다 같이 파이를 굽는다.

못생기고 파는 것보다 맛있지는 않지만

함께해서 더욱 특별하다.

25　　**우연히**　　우리는 행운이라는 커다란 행복만을 찾아 헤매지만

사실 한 발짝 물러서서 주변을 살펴보면,

이렇게나 많은 작은 행복에 둘러싸여 있다.

태동하는 봄, 당신은 어떤 마음 방울을 모았나요? 이곳에 적어보세요.

여름

푸르른 세계로 떠나는 모험

26

폴폴 날아온 여름

선풍기 바람을 타고

여름 냄새가 흐른다.

27

날마다

여름날 매일 꼭 해야 할 일.
하루 한 번 화분에 물 주기.

시원한 물줄기가 닿으면
메말랐던 흙이 촉촉해지고
잎들은 더욱 싱그러워진다.

더 푸릇해진 식물을 느끼는 순간,
매일의 작은 기쁨을 발견하는 순간.

28 **한 걸음씩**

작은 발걸음이지만 열심히, 꾸준히 어딘가를 향해 나아가는 친구들.

"멋지다."

수박 먹기

훨훨   "이렇게 조립해서 나무에 매달면 끝!"

바람을 가르며 날아오를 때면 어린 시절로 돌아간 느낌이다.

아무 걱정 없던 그때로. 우린 가끔, 동심이 필요하다.

31

새로운 친구

"새로운 아이도 왔네. 천천히 쉬다가."

여름이 되면 앞마당에 큰 그림자가 생긴다.

푸른 잎으로 울창해지는 집 앞 벚나무가 만드는 쉼터다.

그곳은 여름내 우리의 시원한 그늘이 되고

때때로 새로운 손님을 몰고 온다.

작은 친구, 더 작은 친구, 더 더 작은 친구….

금세 집 앞 마당이 북적해진다.

예상치 못한 만남은 예상치 못한 즐거움을 준다.

32 **선물** 집 앞 벚나무는 가끔 우리에게

놀라움을 선물해준다.

33

유랑하는 별

집 근처 느티나무 숲에는

별들이 떠다닌다.

유랑하는 별들은 한순간에

우리의 머릿속을 무한한 우주로 만든다.

신비로움이 가득한 곳으로.

그늘 밑

그늘 아래에서도 공기가 푹푹하게 더운 여름이지만,

있는 그대로의 자연스러움이 좋아서

선풍기 바람 대신 그늘에 취해 있는 하루.

좋-다.

35

걷다 보면

"자, 이 손 잡고 내려와."

유난히 색과 향이 짙은 여름 숲을 걷다 보면
무성하게 자라난 풀에 걸려 주저앉곤 한다.

그럴 때마다 다시 나아갈 수 있는 이유는
곁에서 손 내미는 보리가 있어서다.

함께한다는 건
힘겨움을 가뿐하게 하는
기적 같은 일이다.

37

빗소리

갑작스레 소나기가 쏟아지는 날에는
망두와 개구락찌가 평상 아래로 모인다.

옹기종기 앉아 툭툭 떨어지는 빗소리에
귀 기울이는 것만큼 재밌는 게 없나 보다.

38

비 내리는 마음

퍼붓는 비처럼 마음이 요동치는 날이 있다.

뭐든지 잘 안 풀리고 나만 불행한 것 같은 하루.

나만 홀로 비를 맞는 기분.

"왈왈!"

노란 보리와 망두다.

마음에 비가 내리는 날은,

내가 혼자가 아니라는 사실을 알려주는 날이다.

거센 비바람을 막아주고

때론 나와 함께 기꺼이 비를 맞아주는

소중한 존재들이 있다는 걸.

39

맑게 갠 하늘

비가 온 다음 날은 날씨도, 마음도 상쾌하다.

무거운 먹구름일수록 지나간 자리가 청명하다.

쏟아지는 비를 버텨내면,

환한 날이 기다린다.

40

한여름 밤의 행복

풀벌레가 노래하는

여름밤이 좋다.

찌릿찌릿

"보리, 그렇게 빨리 마시면 감전돼!"

"프하항— 거봐. 온몸이 찌르르하잖아."

할머니 집

할머니 집은
나른해지는 마법이
걸려 있다.

$$43$$

옥수수 하모니카

"브브브브─"

우리는 밤새 옥수수 하모니카를 분다.

옥수수 한 알과 근심 하나를 맞바꾸는 여름밤.

배 속이 든든해질수록

마음은 가벼워진다.

45 여름 바다 "헛둘— 헛둘."

여름엔 역시 바다!

물속에 들어가기만 해도 꺄르르 웃음이 나온다.

47   **불꽃놀이**   타닥타닥.

손에 쥔 별들이 이 밤을 환하게 밝힌다.

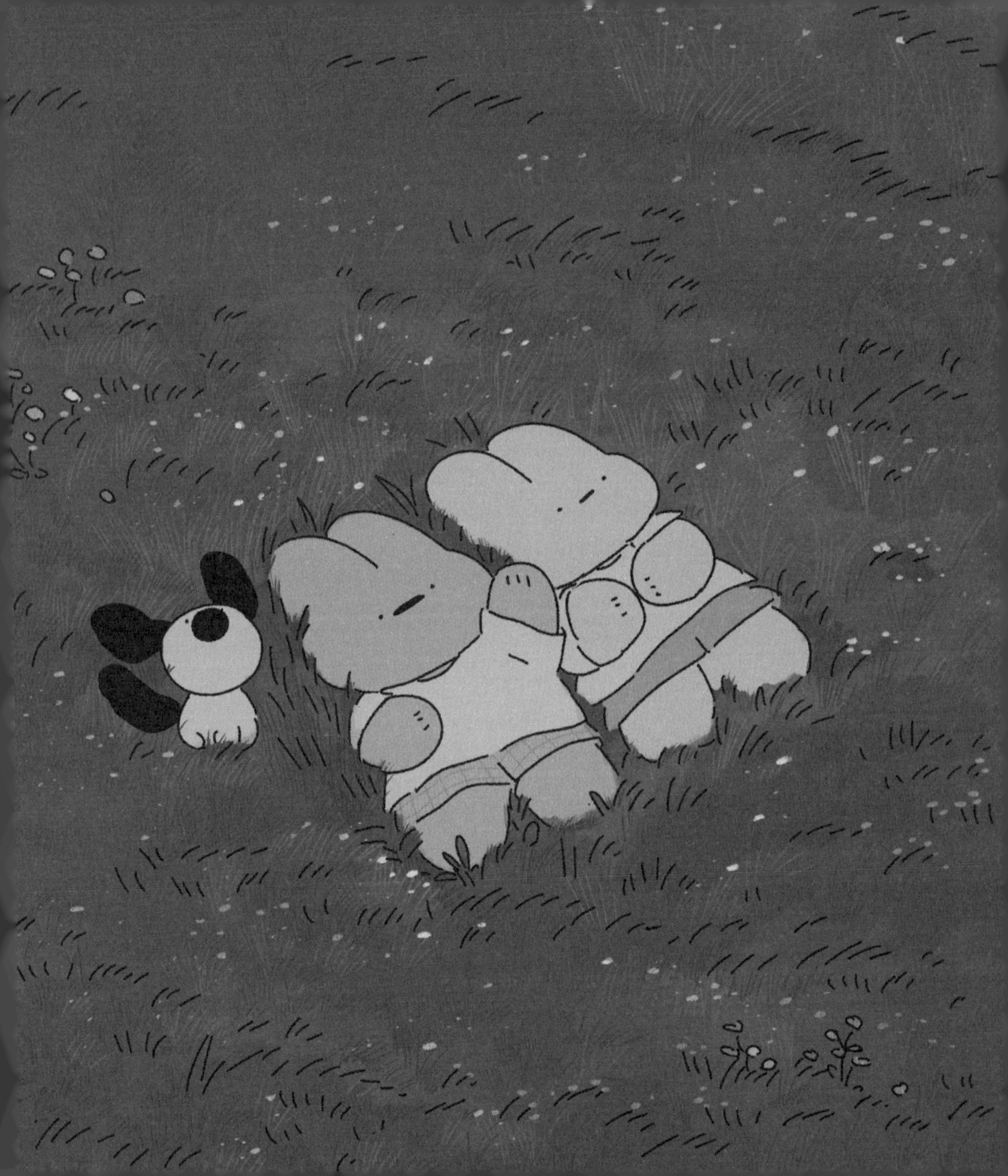

48

하루의 끝

"오늘 하루는 어땠어?"

하루의 끝이면 풀밭에 누워
도란도란 이야기를 나눈다.

밤하늘을 가득 채운 별들이
쏟아질 것만 같다. 우리에게로.

49 **유령 소동** 알 수 없는 두려움이 밀려와

잠 못 이루는 밤이 종종 있다.

알고 보면

지나고 보면,

정말 별거 아니었던 것들 때문에.

50

충전

낯선 세상으로 훌쩍 떠나는 날.

한 번도 가본 적 없는 곳으로 향하는 길은 언제나 설렌다.

녹음이 짙은 여름, 당신은 어떤 마음 방울을 모았나요? 이곳에 적어보세요.

가을

만남의 시작과 헤어짐의 끝, 안녕

51

어느새

"언제 이렇게 물들었지?"

아주 잠깐, 멈춤이 필요한 계절.

높고 청명한 하늘, 울긋불긋한 나뭇잎,

상쾌한 바람, 결실을 맺는 생명들….

어느 하나 똑같은 순간이 없으니까.

52

단풍 놀이터

"행복은 스스로 찾아내는 거야.
떨어진 단풍잎만으로도 즐거운 지금처럼!"

"최애 스웨터 발견!" 내가 좋아하는 것을 알기.

스스로를 행복하게 만드는 가장 확실한 방법.

54

가을맞이

망두의 새집 만들기 프로젝트.

사랑하는 이들을 위해

기꺼이 내어보는 시간.

망두가 좋으면 나도 좋다.

56

마음 갈피

보리와 망두는 가을이 되면 떨어진 나뭇잎을 주워온다. 고르고 골라 가장 예쁜 잎으로.

매년 그 마음을 책장 사이사이에 모은다. 차곡차곡.

57

가을 하늘

고개를 들면 유난히 높고 끝없는 하늘이 펼쳐진다.

서로 약속이라도 한 듯 동시에 입 밖으로 나오는 말.

"행복하다."

58

따르릉

우리는 종종 자전거를 타고 꽃가람 시내로 놀러 간다.

자동차 경적 소리, 북적이는 사람들에 정신없기도 하지만

바람을 따라 느껴지는 시원한 공기와 맑은 하늘,

간간이 내리쬐는 따스한 햇빛과 어우러지면

슬며시 눈이 감기고 얼굴에 미소가 번진다.

과하지도, 부족하지도 않은 일상의 평화로움.

59 이렇게 좋은 날

아주 잠깐, 가만히 떨어지는 단풍을 바라보고 있으면

어느새 마음까지 알록달록 물이 든다.

60 **곶감 모빌** 무엇이든 노력 없이 얻을 수 있는 건 없다.

아주 작은 것일지라도.

61

손 편지

우리는 서로에게 편지를 쓰며 하루를 마무리한다.

오늘을 돌아보고 정리하는 소중한 시간이다.

보리의 시선을 따라 나는 다른 세상을 만난다.

오늘, 보리의 가을은 유난히 포근한 색이었다고.

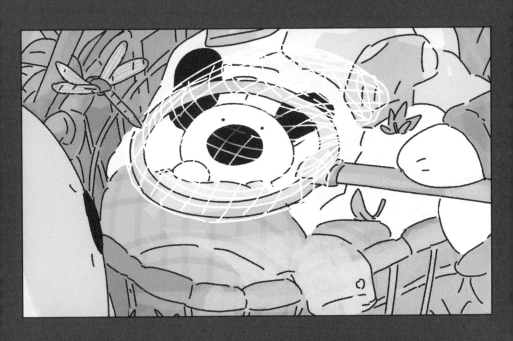

"오잉?"

63 **등불 축제**

우리의 매일이
바람을 따라 넘실대는
등불처럼 환할 수 있길.

홈 카페

드르륵 갈리는 커피콩 소리.

오감을 깨우며 잔잔하게 퍼지는 커피 향.

소소하지만 오롯이 쉬어가는 시간.

송편

"공룡 송편 만들어야지."

"프하항— 이게 공룡이냐!"

연날리기

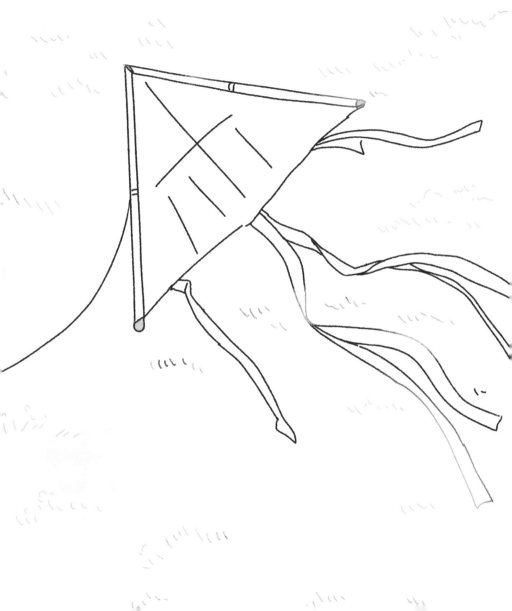

알밤 줍기

보리와 함께 탐스러운 밤을 주웠다.

오늘의 행복을, 찾았다.

노을빛

"이삭, 벌써 6시가 다 됐어!"

"오늘은 무슨 색일까?"

창문 너머 저물어가는 태양이

우리의 마음에 깃든다.

보름달

가을의 보름달은 유난히 크고 밝다.

밤공기의 쌀쌀함도 다 잊을 만큼.

71

생일파티

개구락찌의 생일파티 날.

웃음이 끊임없이 넘쳐흐른다.

마치 마르지 않는 샘물처럼.

72

코스모스

"보리야, 너무 예쁘다!"

"그러네."

"꽃들은 예쁘다는 말만 들어서 계속 예쁜 걸까?
그럼 누가 나한테도 예쁘다고 말해주면 좋겠다. 예뻐지게!"

"이삭이는 지금도 충분히 예뻐."

"보리 너도! 망두도!"

"이제 우리 모두 더 예뻐졌네."

맛있는 시간

맛있는 음식을

사랑하는 사람과 먹기.

행복의 또 다른 얼굴.

75 뜨개질

"내가 못 살아. 이게 무슨 일이야!"

반갑지만 조금은 어질어질한 겨울맞이.

서늘해지는 가을, 당신은 어떤 마음 방울을 모았나요? 이곳에 적어보세요.

행복 방울 기록

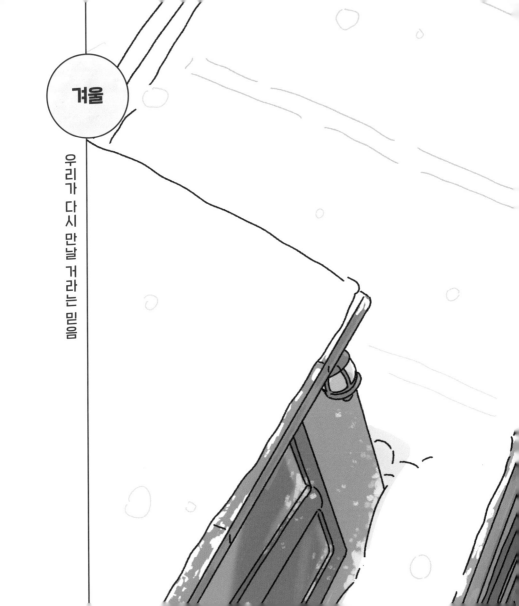

겨울

우리가 다시 만날 거라는 믿음

76

첫눈

"밖에 눈 온다!"

잠이 오다가도 눈이 번쩍 떠져서
창문에 달라붙어 첫눈을 본다.
가장 순수했던 시절로 돌아간 것처럼.

하얀 세상

하얀 눈송이는 이내 곧

녹아서 사라져버리겠지만

보리와 함께하는 이 순간만큼은

켜켜이 쌓여갈 걸 알기에.

78 **코코아 한잔** 달큰한 행복에 취하는 방법.

❶ 코코아 가루를 컵에 수북하게 붓는다.

❷ 따뜻한 우유로 코코아 가루를 녹인다.

❸ 달달함이 코끝까지 퍼지면 마시멜로를 넣어준다.

79

캐럴

손때가 묻은, 조금 낡은 레코드판.

그 위로 우리가 즐겨 듣던 캐럴이,

설렘 가득했던 추억이 흐른다.

첫 발자국

"첫 발자국을 양보할게."

이 세상의 모든 처음을

너에게 주고 싶다.

눈 천사

소복소복 눈이 쌓이고
세상이 하얘지면
밖으로 뛰어나가
꼭 해줘야 하는
눈 천사 만들기.

무사히

찬바람이 불면 개구락찌에게 꼭 맞는 스웨터를 떠준다.

겨울을 따뜻하게 보내고 다시 돌아오는 봄에 무사히 만날 수 있도록.

84 　장작　열심히 노력한 결과가 생각지 못한 걸림돌에 걸려

한순간에 무너져버릴 때가 있다.

그럴 때마다

고개를 들면 보이는

나의 편들.

붕어빵 우리가 겨울을 손꼽아 기다리는 이유 중 하나.

깨끗한 마음

88

호호호

따끈하게 데워서

반 툭 잘라

호호 불어먹으면

이 순간만큼은 세상에서

제일 행복하다.

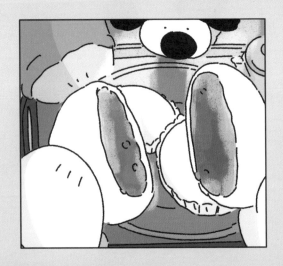

선물 가게

딸랑, 장난감 가게 문소리에
괜스레 마음이 들뜬다.

어른이 되어도 우리는
마음속에 자기만의 어린아이를
품고 있는 게 분명하다.

크리스마스트리1

매년 꽃가람 숲에서 나무를 찾아
크리스마스트리를 만든다.

나무를 들고 갈 때마다
숲 길목에서 만나는 오리 가족.

"올겨울도 행복하길."

91 **크리스마스트리 2**

트리에 하나하나 장식물을 달고 마지막으로 가장 큰 별까지 올리면

어설프지만, 그래서 더 멋진 우리만의 트리가 탄생한다.

93

휴식

따뜻한 물에 몸을 담그면

세상이 말랑말랑해지는 것만 같다.

94

새근새근

"내일은 오늘보다 더 멋진 하루가 되길."

95 눈사람

"귀여운 단추도 달고…."

"친구도 만들어주고…."

동글동글, 꼭 우리의 마음을 빚어 놓은 것만 같다. 예쁘게.

가족사진

97

옹기종기

하루가 고단할 때는 그림책을 읽는다.
아늑한 벽난로 앞에서 펼쳐지는 동심은
모든 피로를 사르르 녹아내리게 만든다.

98 눈썰매 "한 번 더 탈까?!"

"히야아아아-"

오늘도, 함께 즐겁다.

99

깊은 밤

"별 엄청 많다."

깊어지는 겨울밤,

하늘을 수놓은 별들.

우리가 반짝이고 있는 것만 같다.

눈부시게. 있는 그대로의 모습으로.

100 다시, 봄

돌아오는 봄,

우리의 행복이

조금 더 선명해지길.

마음 방울 채집 : 곁을 맴도는 100가지 행복의 순간

초판 1쇄 발행일 2023년 5월 9일 | **초판 4쇄 발행일** 2023년 7월 3일
글·그림 무운 | **펴낸이** 김석원 | **펴낸곳** 도서출판 밝은세상
출판등록 1990. 10. 5 (제 10 – 427호) | **주소** (10881) 경기도 파주시 문발로 119, 202호
전화 031-955-8101 | **팩스** 031-955-8110 | **메일** wsesang@hanmail.net
블로그 blog.naver.com/balgunsesang8101 | **인스타그램** www.instagram.com/wsesang
ISBN 978-89-8437-458-4 (02810) | **값** 19,800원 | 잘못된 책은 구입한 곳에서 교환해 드립니다.
ⓒ 무운, 2023 _movun_

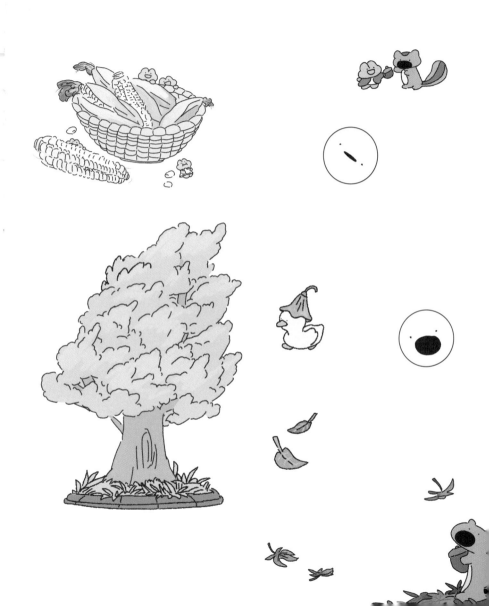